Der
Totentanz

Von

Hans Holbein

Der
Totentanz

Bilder des Todes

———•◆•———

Von

Hans Holbein

———•◆•———

Impressum:
© 2020 Wenzel Mylius (Hrsg. u. Bearb.)
Herstellung und Verlag: BoD – Books on Demand, Norderstedt.
ISBN: 978-3-75049-947-8

Einleitung.

DEN Mitgenossen unserer Tage, welche den Tod unter so vielerlei Gestalten gesehen und sein Geschrei gehört haben, legen wir hier ein Büchlein vor Augen, das sich, nach einem ganz eigenen Geschmack, nicht wie manche Bilderbücher der vorigen Jahrhunderte mit den ergötzlichen Jagdbelustigungen unserer Fürsten und Herren beschäftigt, sondern mit den Jägergeschäften dessen, den das Buch der Bücher einen „König der Schrekken" nennt. Der Künstler, der den ersten Grund zu diesem Jagdbuch des Todes durch seine Abbildungen legte, war Hans Holbein, geboren zu Augsburg 1495. Er selber, der Künstler, hatte die Stricke des Jägers, dessen Tagwerke er abbildet, auf mancherlei Art und Weise kennengelernt. In seiner kräftigeren Jugendzeit, die er in Basel verlebte, hatte ihn die Lust der Trink- und Spielgelage so mächtig angezogen, daß er sich und die Seinen öfter dadurch in das Land jener Not führte, welches unmittelbar an das Land des Todes grenzt. Des Erasmus und des Amerbachs Ermahnungen waren nicht stark genug, um die Bande in denen Holbein gefangen war, zu zerreißen; da sendeten sie ihn, mit freundlicher Empfehlung, an Thomas Morus in England. Der tägliche Umgang mit diesem und den Freunden seines Hauses hatte endlich den jungen Künstler jene Regeln der Wachsamkeit kennen und üben gelehrt, durch welche man dem

Garn des Jägers entgeht. Bemerkenswert bleibt es übrigens immer, daß, wie die ältesten Meister des im Gottesacker zu Basel und an der Brücke zu Luzern abgebildeten Totentanzes zu ihrem Werk durch das Einbrechen der Pest aufgeregt worden, und wie man wenigstens von dem einen sagt, auch an der Pest starben, so auch der Meister des hier vorliegenden Totentanzes, Hans Holbein, an der Pest in London 1554 starb.

Möge denn die Betrachtung unseres etwas grausenhaften Jagdbüchleins in manchem der Leser und Beschauer, neben der Ergötzung an dem wahrhaft Shakespear'schen Humorismus unseres Künstlers, auch den Gedanken des Ernstes wecken, der diesen zu seiner Arbeit trieb und dabei leitete. Das Totengerippe, das man hier fast auf allen Blättern sieht, gleicht einer zerrissenen Hütte des Gebirges, in welcher der Pilgrim und Reisende auf Erden übernachtet. Man sieht und fühlt durch das zerbrochene Dach die schauervolle Nacht, aber zugleich auch die hehr leuchtenden Gestirne der Ewigkeit, deren Glanz überall durch die Hütte leuchtet. Den Sturm und das Grausen der Nacht hat wohl schon mancher in dem armen Obdach gefühlt, mancher aber auch sich an dem durchschimmernden Morgenrot der Ewigkeit gestärkt.

Das Wort, *ewig,* der Gedanke der Ewigkeit, erscheint übrigens auch solchen, in denen die Kraft eines höheren Lebens wohnt, wie ein Meer, unübersehbar und grenzenlos, bei dessen Anblick der

Seele zwar still und feierlich ernst zu Mute wird, aber auch grausend, schwindelnd vor der unergründlichen Tiefe, die sich da zeigt. Lassen wir hier über den großen Gedanken der Ewigkeit, über eine den Geist erschreckende Tiefe, wie über seine tröstende Kraft, zum Schluß dieser Einleitung noch eine alte Volkssage reden, welche G. H. Schubert in seinen *Mitteilungen aus dem Reiche* erzählt.

In alter Zeit, (so berichtet die Sage) lebte in einem Kloster des hohen Nordens ein Mönch von sehr frommen Gemüt und dabei tief forschendem Geist. Es war ihm der Lauf der Gestirne und die Sprache der Lebendigen im ganzen Reich der Sichtbarkeit verständlich; er erkannte den Sinn und die Eigenschaften der Dinge an ihrer Gestalt. Bei einem solchen weit und tief gründenden Sinn stellte sich nicht selten auch die Unruhe des Weiterfragens und Forschens ein. Der Geist hatte den festen Ankergrund gefunden; die menschliche Vernunft warf Blasen auf und Schaum um den zu Boden gesunkenen Anker.

Einst an einem Morgen, geht er betend und sinnend aus dem Kloster, in einem benachbarten Wald. Es war Frühling und die Bäume blühten. Er betet voll Liebe und Andacht. Als aber das Gebet geendet, denkt er: „O mein Gott! es ist nun Frühling und bald folgt der Sommer und dann der Herbst. Da ist Abwechslung von Monat zu Monat. Deine Ewigkeit aber, sie ist unveränderlich dieselbe – wie mag auch ein dich liebender Geist dieses *ewig dasselbe* ertragen und nicht vergehen!"

Er geht sinnend über den Gedanken, der ihn schon sonst oft und viel beschäftigt, weiter in den Wald hinein. „Ja, sterben wollte ich gerne, wäre mir nur noch, so lange ich im Fleische walle, der Gedanke deiner Ewigkeit klar und verständlich. Dein Anschauen ist süß, aber *ewig*, ohne Wechsel – wer erträgt den Gedanken; welches Sein erträgt ein solches unwandelbares Hinblicken nach einem Mittelpunkt des Lebens und immer demselben, ohne die Zwischenspiele des Schlafens und Wachens, des Irrens und Wiederzurechtfindens, der Zerstreuung und Sammlung."

Er geht sinnend und betend weiter. Und siehe, der Wald wird immer fremdartiger und veränderter. Statt der alten Eichen und Tannen kommt da ein Gebüsch von Myrthen, bald hernach ein Wald von Zedern, dann von Palmen. Der Mönch will stehenbleiben, sich fragen, ob alles nur ein Traum sei? aber ein Gesang zieht den zögernden Fuß weiter. Es ist der Gesang eines Vogels. Aus dem Wipfel einer Palme ertönt er und zu ihren Füßen steht er endlich still, hinstaunend nach dem Vogel mit prächtigem Gefieder, dem singenden Vogel des Paradieses. Die Töne sind so trauernd als klagten sie um ein Vergangenes und Verlorenes; dazwischen aber wieder so freudig, so selig, als sprächen sie von einer nun bald kommenden unvergänglichen Herrlichkeit der Kreaturen. Der

Mönch horcht entzückt; es fließen ihm Tränen der Trauer und der Himmelssehnsucht von den Wangen.

Aber bald hat das Auge keine irdische Träne mehr. Denn immer lieblicher, immer lebendiger weht eine Luft des Paradieses, immer lauter werden die Töne des Gesanges, welche von einer künftigen, ewig bleibenden Herrlichkeit der Kreaturen sprechen. Der Mönch horcht und schaut unverwandt nach dem Paradiesvogel hin.

Endlich sich selber gewaltsam aufraffend, denkt er: „Siehe es wird wohl schon einige Stunden sein, seitdem du da stehst und horchst. Der Weg ist noch weit, wohlauf, du willst für heute heimkehren nach deinem Kloster. Morgen wird ja der Vogel wieder singen, und du kommst dann und hörst ihn."

Er geht vertieft in ein süßes Schmecken der Freuden der Ewigkeit, von denen der Paradiesvogel gesungen, heimwärts, den Weg nach dem Kloster. Der Wald wird bald wieder der heimatliche, nordische und statt der Palmen und Zedern kommen Eichen und Tannen.

Da ist denn der Rand des Waldes. Die Hügel sind noch dieselben, die Wasser der Erde haben noch denselben Lauf, das Kloster aber – nach so wenigen Stunden – es scheint ein ganz anderes. Täuschen sich die Augen, oder sind jetzt wirklich da Türme, wo heute am Morgen noch keine waren? Das Dach und der Giebel, das Tor und die

Fenster so ganz anders, als sie noch heute früh gewesen!

Er tritt nun ins Kloster. Lauter fremde Gesichter, die stumm ihn ansehen; er glaubt einen unheimlichen, spukhaften Traum zu träumen, eilt hinauf nach seiner Zelle um da sich zu sammeln und zu beruhigen. Aber wo diese Zelle einst war, da ist jetzt Gemäuer, keine Tür mehr hinein, noch Fenster. Erschrocken und fast unwillig kehrt er um. Er fragt die Mönche, die ihm nachgegangen wie einer fremden bedenklichen Erscheinung:

„Wo ist der Archimandrit Johannes?" – „Johannes", sagen die Mönche, „heißt unser Archimandrit nicht, er heißet Paulus Chrysostomus. Aber wer bist denn du, der hier in unser Kloster eingegangen, so vertraut, als sei er da zu Hause?"

„Wer ich bin, sagt der Mönch", kennt ihr mich denn nicht? Erst heute Morgen ging ich ja von hier aus in den Wald; ich bin Petrus Forschegrund, euer Bruder." – „Petrus Forschegrund", sagt ein alter Mönch, „bist du der? Ich las in den alten Chroniken von einem Peter Forschegrund, der lebte vor 1000 Jahren hier in unserem Kloster. Er kam aus fernem, südlichen Lande hierher. Er betete und forschte viel. Eines Morgens ging er aus in den Wald und kam nicht wieder. Wärest du der – siehe die Zeit ward seitdem eine andere, nur Gottes Erbarmen ist dasselbe."

Da hebt Petrus seine Hände betend empor: „O mein Gott!" betet er, „ich bebte in den Tagen meines Zweifelns vor dem Gedanken deines ewigen Anschauens, deines ewigen, wechsellosen Genießens. Nun habe ich 1000 Jahre nur den Gesang eines Vogels deines Paradieses gehört, welcher klagte, wie um etwas Verlorenes, und eine zukünftige Herrlichkeit verkündete. Und diese 1000 Jahre sind mir vergangen, wie etliche Stunden. Wie wird denn erst das Entzücken in dem Anschauen deines Angesichtes selber, in dem Vernehmen deiner Nähe sein! *O Ewigkeit, o Ewigkeit,* dein Gedanke so süß, dem erwachten Geist so leicht! – Wohlan ich habe hier nichts mehr zu schaffen mit dem Geschäft des Sehnens und Hoffens und Zweifelns. Denn mein Ohr hat schon gehört, mein Herz erfahren. Ich kehre zurück in den Wald zum Gesang des Vogels der um das Verlorene klagt, aber auch von einer künftigen, ewigen Herrlichkeit singt!"

Da Petrus dies gesagt, sinken die Hände und die Augen. Die Füße wollen sich noch bewegen, als möchten sie ihren Leib noch hinaustragen durch den Wald der Eichen und Tannen in den der Zedern und Palmen zum klagenden und dann freudigen Gesang des Paradiesvogels. Aber mit dieser letzten Bewegung sinkt auch der Leib, der nur noch im Traum des alt und längst vergangenen Lebens bestanden, zu Asche und in den hörenden allen tönen die Worte: „O Ewigkeit, Ewigkeit", unvergeßlich nach.

Ja, es ist noch eine Ruhe vorhanden, dem Volke Gottes, ein Sabbat, hehr und heilig und *ohne Aufhören.* –

München am 19. November 1831.

Der
Totentanz

I.

Die Schöpfung des Menschen.

———————

Gen. 1, 27. Und Gott schuf den
Menschen ihm zum Bilde, zum
Bilde Gottes schuf er ihn, und
er schuf sie ein Männlein und ein
Fräulein.

Der Sterne Licht, der Himmel Herrlichkeit
Sind nur ein Widerschein von Gottes Kleid;
Der Tiere muntres Heer, der Blumen Pracht
Ein Zeugnis nur von seines Fingers Macht;
Zum Ebenbild jedoch von seinem Wesen,
Zum Kind und Erben war der Mensch erlesen.

———————

1.

2.

Der Sündenfall.

———————

Gen. 5, 5-6. „Ihr werdet
sein wie Gott und wissen was gut
und böse ist." usw.

Wie selig war der Mensch im Heimatland,
Geleitet wie ein Kind an Vatershand
Und mit dem Guten nur und Gott bekannt.
Nun will er, was das Böse sei? auch wissen,
Er hat zum Schlangenwort ein Ohr gewandt
Und so den ersten Bund mit Gott zerrissen.

———————

2.

3.

Austreibung aus dem Paradies.

———————

Gen. 3, 23-24. Da ließ ihn
Gott der Herr aus dem Garten
Eden, daß er das Feld bauete,
davon er genommen ist.
Und trieb Adam aus.

Entfremdet ward der Mensch dem Vaterhaus
Als er verlassen seines Herrn Gebot;
Nun scheuchen Gottes Schrecken ihn hinaus
Ins Tal des Todes und der Erdennot. –
Denn nur in Gott ist Leben, außer Ihm ist Tod.

———————

3.

4.

Der Fluch.

———————

Gen. 5, 17-19. Verflucht
sei der Acker um deinetwillen;
mit Kummer sollst du dich darauf
nähren dein Lebelang. – Bis daß
du wieder zur Erde werdest,
davon du genommen bist.

Wohin des Menschen Fuß auf Erden tritt
Da gehet auch der Todesengel mit;
Gemischt ist Tod in jede Erdenlust,
Wir trinken ihn schon aus der Mutterbrust;
Es baut und pflanzt mit uns der Tod auf Erden
Bis daß wir selbst zum Staub der Erde werden.

———————

4.

5.

Der Triumph des Todes.

Apost. 8, 13. Wehe, wehe, wehe
denen die auf Erden wohnen.
Gen. 7, 21-22. Da ging
alles Fleisch unter, das auf Erden
kreucht. Alles was einen
lebendigen Odem hatte – das starb.

Zum Leben ist der Tod hindurchgedrungen
Der hohe Frieden ist verkehrt in Krieg;
Es rühmt der Feind das Werk, das ihm gelungen:
„Des Todes Stachel und der Hölle Sieg."

5.

6.

Der Papst[1]

Luk. 16, 2. Tue Rechnung von
deinem Haushalten, denn du kannst
hinfort nicht mehr Haushalter sein.

Er der gewaltet über Fürstenkronen
Des Stuhl erhöht war über alle Thronen,
Muß jetzt hinab zu andrem Erdenstaub;
Der Tod steht drohend auf des Thrones Stufe
Daß er hinweg ihn, zum Gerichte rufe;
Sein glänzend Reich wird eines andren Raub.

---

[1] Man will in diesem Bild ein Portrait Leo X. finden.

6.

7.

Der Kaiser.[2]

———

Jes. 38, 1. Bestelle dein Haus
denn du wirst sterben und nicht
lebendig bleiben.

Dem Herrscher Heil, der mit des Armes Macht
Das Gute pflegt, der Bosheit Werk vernichtet,
Aus Gottesfurcht ein recht Gerichte richtet
Und ernstlich über Zucht und Ordnung wacht,
Ihm wird, für diese irdisch schwere Krone,
Dem Treuen, eine himmlische zum Lohne.

———

---

[2] An diesem Bilde wollte der Künstler den edlen deut-
schen Kaiser Maximilian I. darstellen, wie derselbe erzürnt
über die Saumseligkeit oder Ungerechtigkeit eines seiner
Räte dem armen Untertan Recht gewährt.

7.

8.

Der König.[3]

Jes. 30, 33. Denn die Grube ist
von gestern her zugerichtet; ja
dieselbe ist auch dem Könige
bereitet, tief und weit genug.

Dir strengen Herrn, versenkt im Rausch der
Sinnen,
Vor dem umsonst des Volkes Tränen rinnen
Wird selber nun ein Wehetrunk gereicht;
Geendigt ist der Schmaus, die Lust entweicht.

---

[3] Das Holbeinische Bild stellt den König von Frankreich
Franz I. dar, so wie der später erschienene Kölner
Nachstich Franz' Nachfolger, Heinrich II. abbildet. Bei
vollem üppigen Mahle, von dem Angesicht des Königs,
die jammernden Männer des Volkes, deren Tränen sich in
den Wehebrecher des Todes mischen.

8.

9.

Der Kardinal.[4]

Jes. 5, 20. Wehe denen die Böses
gut und Gutes böse heißen.

O wehe dem, der Gottes Recht verkehrt,
Der Böses gut und Gutes bös geheißen:
Bald wird der Herr, des Weinberg er verheert
Hinab ihn in des Zornes Kelter reißen.

---

[4] Bei diesem Blatt, so wie bei allen späterhin von 14 bis 47
folgenden, haben die beschreibenden Reime so genügend
als möglich, den Sinn des Künstlers, so wie der ältesten,
den Bildern hinzugefügte Sprüche und lateinischen Verse
auszudrücken gesucht.

3.

10.

Die Kaiserin.[5]

Judica 5, 7. Eine Mutter in Israel.

Des Landes Mutter, fromm und mild von Sitte
Erblickst du hier in eines Zuges Mitte,
Der sich gehüllt in Flor und Trauerkleid.
Es lenkt der Tod zum Grab der Edlen Schritte,
Die, längst vertraut mit Gott und Ewigkeit
Zum Gang ins Tal des Todes ist bereit.

---

[5] Der Künstler wollte auch hier, wie bei Blatt 7 eine Seele bezeichnen, welche der Tod nicht im Taumel der Sinne oder im Werk der Bosheit überrascht, sondern wohl vorbereitet findet.

10.

II.

Die Königin.[6]

Jes. 32, 11. Erschrecket ihr stolzen
Frauen, zittert ihr Sichern.

Es naht der Tod in närrischem Gewand
Der Herrin, die sich freut an eitlem Tand.
Der Jubelton der Harfen und Schalmeien
Verwandelt sich in Heulen und in Schreien.

---

[6] Als Widerspiel von Blatt 10 wird hier von Holbein die Königin von Frankreich in solchen Verhältnis wie 8 zu 7 vorgestellt.

!1·

12.

Der Bischof.

———————

Matth. 26, 31. Ich werde den Hirten
schlagen und die Herde der
Schafe wird sich zerstreuen.

Der Hirte, der sein Volk mit sanftem Stab
Geweidet, wird hinweggeführt zum Grab.
Die Schafe faßt Entsetzen an, die scheuen,
Man sieht in Eil' die Herde sich zerstreuen.

———————

12.

13.

Der Fürst.

Ezech. 7, 27. Der Fürst wird sich
in Entsetzen kleiden.

Um Gnade flehte dich, du harter Mann
Die Witwe mit dem Kind vergebens an;
Du ahnest nicht in stolzem Übermut
Wie not dir selber bald die Gnade tut.

13.

14.

Der Abt.

_____

Hesek. 34, 2. Wehe den Hirten
Israel, die sich selbst weiden;
sollen nicht die Hirten die Herde
weiden?

Der Tod:

Von hinnen träger Leib zum Todesreigen;
Den Krummstab gib mir her aus deiner Hand,
Leg ab von dir das heilige Gewand;
Hier mußt du nackend – wie du warst dich zeigen.

_____

14.

15.

Die Äbtissin.

Pred. 4, 2. Ich lobte die Toten
die schon gestorben waren,
mehr denn die Lebendigen.

Sie, welche oft des Todes Ruh gepriesen,
Das stille Haus, von keinem Gram berührt;
Sie kann sich schwer zum letzten Gang
entschließen,
Der zu des Todes Ruhekammer führt.

15·

16.

Der Edelmann.

Ps. 89, 49. Wo ist jemand, der
da lebe und den Tod nicht sehe? der
eine Seele errette aus der Hölle Hand?

Der Tod:

Was drohst du, Starker, mir mit deinem Degen?
Und schaust mich an mit wildem Angesicht?
Mir sind noch Stärkere denn du erlegen
Und meinem Knochenarm entgehst du nicht.

16.

17.

Der Domherr.

Röm. 13, 11. Siehe die Stunde ist da.

Er ist bereit, daß er mit lautem Munde
Die Hora singe in dem Gotteshaus:
O wär er auch bereit zur letzten Stunde,
Die eilend naht, den seine Zeit ist aus.

17.

18.

Der Richter.

———————

Amos 2, 3. Ich will den Richter
unter ihnen ausrotten.

Um Geld hast du den Bösen freigesprochen,
Zu Ketten den, der schuldlos war, verdammt;
Hinweg mit dir von deinem schnöden Amt,
Noch heut wird über dir der Stab gebrochen.

———————

18.

19.

Der Advokat.

Sprichw. 21, 8. Wer krumme
Wege gehet, ist ein Bösewicht.

Verkäuflich war dein schlauer Mund um Gold;
Er, welchen nie der Unschuld Klage rührte,
Der siegreich stets des Bösen Sache führte.
Wohlan empfang nun auch des Todes Sold.

19.

20.

Der Reiche.

––––––––––

Sprichw. 21, 13. Wer sein Ohr
verstopfet vor dem Schreien der
Armen, der wird auch rufen und
nicht erhört werden.

Du hörtest nie das Angstgeschrei des Armen
Der flehentlich um eine Gabe bat;
Wohlan, so werde dir auch kein Erbarmen,
Wenn nun des Todes ernste Stunde naht.

––––––––––

20.

21.

Der Prediger nach der Mode.

Ezech. 13, 9-10. Meine Hand soll
über sie kommen, – darum, daß sie
mein Volk verführen und sagen Friede,
so doch kein Friede ist.
Mich. 3, 5. Sie predigen, es solle
wohl gehen, wo ihre Zähne was zu
beißen haben.

Weh', wer als Frieden preis't die Kriegsgefahr,
Als Heldentat der Bosheit Werk beschönet
Und ins Verderben führt die lichte Schar;
Ihn selbst ereilt das Schwert, das er verhöhnet.

21.

22.

Der Priester.

––––––––––

Jes. 52, 7. Wie lieblich sind auf
den Bergen die Füße der Boten, die
da Frieden verkündigen.

Wie lieblich sind des Friedensbotens Füße
Der Trauenden verkündet Trost und Heil;
Ihm selber werde heut ein Trost zuteil
Der ihm des Todes Bitterkeit versüße:
Denn ihm, der Labung bringt der fremden Not
Steht näher als er's, weiß der eigne Tod.

––––––––––

22.

23.

Der Bettelmönch.

―――――――

Es. 1, 23. Sie nehmen gern
Geschenke und trachten nach Gaben.

Der Tod:
Sei still du Bettler, folge ruhig mir;
Wie ist das auch ein Grund zum lauten Jammern?
Du schlepp'st den Vorrat heim, mit Hundegier,
Ich schleppe dich in meine Vorratskammern.

―――――――

23.

24.

Die Nonne.

Hiob. 31, 1. Ich habe einen Bund
gemacht mit meinen Augen.

Dir sollte, schwurst du einst, im keuschen Herzen,
– Wie auf dem Altar flammt das Licht der Kerzen –
Ein göttlich Feuer unverlöschbar lodern.
Nun lockt dich, mit Sirenenton die Lust;
Verloschen ist der Stern in deiner Brust,
Von hinnen wird man deine Seele fordern.

24.

25.

Die Alte.

―――――

Pred. 7, 1. Der Tag des Todes
ist besser, denn der Tag der Geburt.

Willkommen sei mir, süßer Freudentag
An dem mein Herz, was es ersehnte, findet,
Der von dem langen Heimweh mich entbindet;
Wie gerne folg' ich deinem Boten nach.

―――――

25.

26.

Der Arzt.

––––––––––

Luk. 4, 25. Arzt hilf dir selber.

Die Krankheit wirst an andern du gewahr,
Du warnest sie vor drohender Gefahr;
Nun Freund auf dich einmal das Auge wende,
Dir selber, Arzt, naht unversehns das Ende.

––––––––––

20.

27.

Der Astronom.

––––––––––

Hiob 38, 21. Wußtest du, daß du
zu der Zeit solltest geboren werden
und wieviel deiner Tage sein würden?

Zum Himmel hebst du oft die Augen auf,
Bestimmst der Sterne ruhelosen Lauf:
O wende auch dein Herz dem Himmel zu,
Noch heut, du Irrstern! kommst du selbst zur
Ruh.

––––––––––

27.

28.

Der Geizige.

———————

Luk. 12, 20. Du Narr, diese Nacht
wird man deine Seele von dir fordern
und wes wird es sein das du
bereitet hast?

Du Narr entzogst dir selbst des Lebens Freuden,
Du spartest, sprichst du, gegen künftige Not.
Hinweg mit dir und deinem goldnen Kot,
Ein andrer mag, was du erspart, vergeuden.

———————

28.

29.

Der Kaufmann.

———————

Sir. 50, 14. Es ist besser, einer sei arm
und dabei frisch und gesund,
denn reich und ungesund.

Er hat die Hoffnung übers Meer gesendet,
Mit schnellem Lauf kam die Erfüllung her;
Da ist, o weh! des Lebens Lauf geendet,
Ein andrer Weg beginnt, so ernst, so schwer.

———————

29.

30.

Der Schiffer.

---

1. Timoth. 6, 9. Die da reich werden
wollen, die fallen in Versuchung
und Stricke und viele törichte und
schädliche Lüste, welche versenken die
Menschen ins Verderben und Verdammnis.

Es naht dem Leib der Tod aus Meereswellen
Und furchtbar droht dem Schiff der Untergang.
Der Seele Tod kommt aus des Geizes Drang,
Kommt aus den Lüsten die uns Netze stellen.

30.

31.

Der Raubritter.

Mal. 3, 5. Ich will ein schneller
Zeuge sein – wider die so Gewalt
und Unrecht tun.

Mit seinem Arm hat er Gewalt geübt,
Unschuldige hat oft sein Schwert betrübt;
Ihn fürchteten und haßten Jung und Alt,
Nun leidet selber er vom Tod Gewalt.

31.

32.

Der Graf.

————————

Jes. 13, 11. Ich will des Hochmuts
der Stolzen ein Ende machen
und die Hoffart der Gewaltigen
demütigen.

Der Graf.

Aus seinem Gleise tritt der Dinge Lauf;
Mich zu verletzen darf ein Bauer wagen,
Ein Knecht hebt wider mich die Hände auf;
Weh mir vom eignen Schild werd ich erschlagen!

————————

32.

33.

Der Greis.

––––––––

Hiob 17, 1. Mein Odem ist schwach,
meine Tage sind verloschen, das
Grab ist da.

Der Tod.
Da komm' ich endlich, müder Freund! zu dir
Und will dich auch zu deiner Ruhe bringen.
Dir sollen fröhlich meine Saiten klingen;
Denn gern, das weiß ich, gehest du mit mir.

––––––––

33.

34.

Die Braut.

Jer. 7, 34. Ich will wegnehmen
das Geschrei der Wonne, und die
Stimme des Bräutigams und der Braut.

Der Tod:
Der Braut geziemt der neuen Moden Zier;
Wohlan, ein seltsam Kettlein bring ich ihr,
Wie sie noch keines trug, von Totenbein;
Denn heut noch Grabgenossin, bist du mein.

34.

35.

Das neue Ehepaar.

Cant. 8, 6. Liebe ist stark wie der Tod.

Der Tod:
Du rühmest dich, vom Fleisch geborne Liebe
So lang der Ton der Hochzeitspauken tönt,
Als ob dein flackernd Feuer ewig bliebe.
Nicht ungestraft wird meine Macht verhöhnt;
Bald soll, was Erde war an dir vergehen,
Nur was der Geist erzeugte wird bestehen.

35.

36.

Die Fürstin.

---

2. Kön. 1, 4. Du sollst nicht von
dem Bette herabkommen, darauf du
dich gelegt hast, sondern sollst des
Todes sterben.

Der Tod:

Die arme Fürstin wacht, von Herzen bang:
„Wo mag wohl der Gemahl so lange bleiben?" –
Des Wartens Pein soll Spiel und Tanz vertreiben;
Auf meine Tänze schläft man fest und lang.

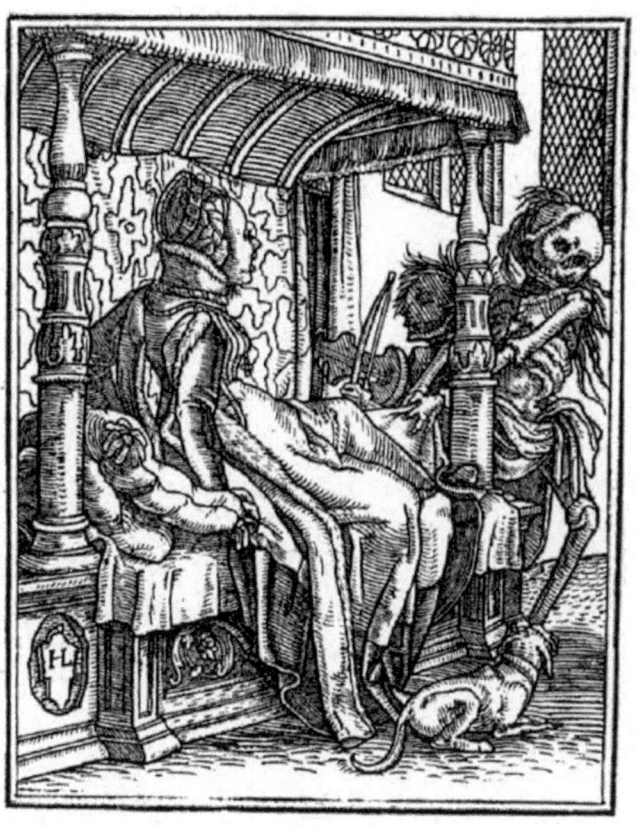

36.

37.

Der Landkrämer.

Matth. 11. v. 28. Kommt her zu mir
alle, die ihr mühselig und beladen
seid, ich will euch erquicken

Der Landkrämer.
„O laß mich, sieh' zur Herberg ist noch weit
Ich trag' gar schwere Lasten auf dem Rücken."

Der Tod:
„Nicht weiter, Freund! dein Bett ist schon bereit,
Ich nehm' dir ab, die Lasten die dich drücken."

37.

38.

Der Bauersmann.

––––––––––

Gen. 3, 19. Im Schweiß deines
Angesichts sollst du dein Brot essen.

Der Bauersmann.
„Gott Lob! das saure Tagwerk ist vollendet;
Nur diese Furche noch, dann spann' ich aus."

Der Tod:
Dir zum Gehilfen bin ich hergesendet;
Ich bring dich schneller zu der Heimat Haus.

––––––––––

38 .

39.

Das Kind.

───────────

Hiob 14, 1-2. Der Mensch vom
Weibe geboren lebet kurze Zeit; gehet
auf wie eine Blume und fällt ab.

Wie? wird vom Mitleid selbst der Tod gerühret?
Er wendet sich hinweg, wie schuldbewußt;
Da er der armen Hütte liebste Lust,
Das süße Kind der Mutter Arm entführet.

───────────

39.

40.

Der Kriegsmann.

Luk. 11, 21. Wenn ein Stärkerer
über ihn kommt und überwindet ihn,
So nimmt er ihm seinen Harnisch,
darauf er sich verließ und teilet den
Raub aus.

Verlassen hat dich, Held! dein Waffenglück,
Ein Stärkerer ist über dich gekommen,
Der hat des Sieges Beute dir genommen;
Bald bleibt dir nur der nackte Leib zurück.

40.

41.

Der Spieler.

———————

Matth. 16, 26. Was hülfe es dem Menschen
so er die ganze Welt gewönne und nähme
doch Schaden an seiner Seele.

Verworfner Mensch, o wärst du nie geboren!
Der Erde Gut und Lebensglück war dein;
Nun hast du Gut und Leben nicht allein,
Du hast die Seele selbst im Spiel verloren.

———————

41 .

42.

Der Säufer.

――――――

Ephes. 5, 18. Saufet euch nicht
voll Weines.

Der Tod:
Wohlan, du Schwein in menschlicher Gestalt!
Du nahmst so manchen Trunk aus freiem Willen,
Empfang auch einmal einen mit Gewalt;
Der wird den wüsten Durst auf immer stillen.

――――――

42.

43.

Der Narr.

Sprichw. 7, 22-23. Er (der
Närrische) folgte ihr bald nach, wie
ein Ochse zur Fleischbank geführt
wird, und wie zur Fessel, da man
die Narren mit züchtiget; bis ihm
der Pfeil die Leber spaltete.

Zur Schlachtbank, freudig springend kommt der
    Stier.
Ihm gleicht der Narr in unsrem Bilde hier,
Der wie ein Rind, das nicht den Schlächter kennet,
Mit dummen Scherz in sein Verderben rennet.

43.

44.

Der Räuber.

Hiob, 24, 14. Wenn der Tag anbricht
stehet auf der Mörder und erwürget
den Armen und Dürftigen.

Ein wehrlos Weib ergreift der Mordgesell,
Daß er der Armen raube Gut und Leben;
Doch Gottes Rache, sie ereilt ihn schnell,
Ihm wird von Henkershand sein Lohn gegeben.

44.

45.

Der Blinde.

———————

Matth. 15, 14. Wenn ein
Blinder den andern leitet,
so fallen sie beide in die Grube.

Mit eigner Hand geleit ich dich, den Blinden. –
Getrost, du Alter! halt dich fest am Stab;
Ein Sprung noch, etwas tiefer dort hinab,
Da wirst du sichern, guten Boden finden.

———————

45.

46.

Der Fuhrmann.

––––––––––

1. Kön. 20-21. Er schlug
Roß und Wagen.

O wehe mir, es bricht der alte Wagen,
Der meine Hab' und mich so lang getragen;
Das treue Roß, es steht mir nimmer auf:
Geendet ist des Fuhrmanns Pilgerlauf.

––––––––––

46.

47.

Der Elende.

Röm. 7, 24. Ich elender Mensch,
wer wird mich erlösen von dem
Leibe dieses Todes?

Wie lange soll ich noch im Leibe wallen?
Wann kehr ich heim aus diesem Fremdlingsland?
Wann wird die morsche Hütte denn zerfallen
Und mir ein neuer Bau aus Gottes Hand? –
Es ist genug, – o daß der Retter käme,
Noch heut von hinnen meine Seele nähme.

47.

48.

Das Bild der letzten Zeit.[7]

---

2. Timoth. 3, 1-2. Das sollst
du aber wissen, daß in den letzten
Tagen werden greuliche Zeiten kommen.
Denn es werden Menschen
sein die von sich selbst halten:
ruhmredig, hoffärtig, den Eltern
ungehorsame usw.
2. Petr. 2, 10. u. 19. Die Herrschaft
verachten. – Und verheißen
Freiheit, so sie doch selbst Knechte
des Verderbens sind.

Der letzten Zeiten wunderlich Geschlecht,
Der Lüste und der Kinderlaunen Knecht,
Von Sitten störrisch, ungehorsam, wild,

---

[7] Wie der Künstler auf den vorhergehenden Blättern das Ende der einzelnen Menschen in ihren verschiedenen Ständen und Lebensaltern abbilden wollte, so will er hier das Ende des ganzen Geschlechtes der Menschen vor Augen stellen. Nach einer alten Voraussagung, deren Nachklang sich selbst bei den Völkern des nördlichsten Asiens findet, sollte das Geschlecht der letzten Zeit ein „sehr kindisches" sein.

Erblickst du hier in eines Knaben Bild;
Der selber jämmerlich und nackt und bloß,
Verderben droht mit seinem Mordgeschoß.

48.

49.

Repräsentation.[8]

Matth. 11, 16. Wem soll ich aber
dieses Geschlecht vergleichen? Es ist
den Kindlein gleich die am Markte
sitzen und rufen gegen ihre Gesellen
und sprechen: Wir haben euch
gepfiffen, und ihr wolltet nicht tanzen,
wir haben euch geklaget, und
ihr wolltet nicht weinen.

Ein Volk sieh hier, mit kindisch stolzen Mienen,
Das nur will scheinen, nichts zu sein vermag;
Ein jeder will hier herrschen, keiner dienen,
Man jagt nur eigenem Gelüste nach.

---

[8] Man vergl. die Anmerkung zu Nr. 48.

49.

50.

Götzendienst des Bauches.

Philipp. 3, 19. Denen der Bauch
ihr Gott ist.
Röm. 13, 13. Lasset uns ehrbarlich
wandeln als am Tage. Nicht in
Fressen und Saufen, nicht in
Kammern und Unzucht.

Die jüngst geborne Zeit hat von der alten
Das Böse nur, das Gute nicht behalten;
Sie weiß von Ordnung nichts, noch Zucht noch
    Treu;
Das Werk der Kammern[9] treibt sie ohne Scheu.

---

[9] Röm. 13, 13.

50.

51.

Eitler Hochmut.

———————

Ps. 17, 10. Sie reden
mit ihrem Munde stolz.

Armsel'ge Zeit! du prangst mit den Trophäen
Der Väter, deren Namen du entehrst;
Das was du schneidest, kannst du nimmer säen,
Nicht wieder bauen, was du frech verheerst.

———————

51.

52.

Das Jüngste Gericht.

Röm. 14, 10. Wir werden alle vor
dem Richterstuhl Christi dargestellt
werden.
Matth. 24, 44. Darum seid ihr
auch bereit, denn der Menschensohn
wird kommen zu einer Stunde, da
ihr es nicht meinet.

Es kommt, es kommt der Tag voll Angst und
    Grauen,
Da alle Welt wird Ihn, den Richter schauen
Da heulen werden, die Ihn hier verlacht. –
Wir nahen zitternd Dir, doch voll Vertrauen;
Zwar beugten wir uns willig deiner Macht,
Du warst uns Trost und Licht in unsrer Nacht;
Doch flehn wir schuldbewußt: laß mit Erbarmen
Für Recht nur Gnade angedeihn uns Armen.

52.

53.

Des Todes Wappenschild.[10]

Sir. 7, 35. Was du tust so
bedenke dein Ende, so wirst
du nimmermehr Übles tun.

So wolle Gott ein willig Herz uns schenken
Das gerne mag der Ewigkeit gedenken;
Er selber lehre beten uns und wachen
Und uns bereit auf unser Ende machen;
Er geb' uns Treue und Beständigkeit
Und einst zum Sterben rechte Freudigkeit.

---

[10] Holbein stellt neben dem Wappenschild des Todes sein
eigenes und das Portrait seiner Frau hin.

53.

Zu dieser Ausgabe.

Dieses Buch folgt der Ausgabe:
*Hans Holbein's Todtentanz in 53 getreu nach den
Holzschnitten lithographierten Blättern Herausgegeben von
J. Schlotthauer, k. Professor. München, 1832.*
Der Text wurde in die traditionelle deutsche
Rechtschreibung übertragen und
sprachlich schonend
bearbeitet.